Puede consultar nuestro catálogo en
www.edicionesobelisco.com / www.picarona.net

EL PEQUEÑO MAGO
Texto e ilustraciones: *Kazuno Kohara*

1.ª edición: enero de 2015

Título original: Little Wizard

Traducción: *Joana Delgado*
Maquetación: *Montse Martín*
Corrección: *M.ª Ángeles Olivera*

© 2010, Kazuno Kohara
por los textos y las ilustraciones
Primera edición de Macmillan Children's Books,
sello editorial de Macmillan Publishers Ltd, en 2010.
© 2015, Ediciones Obelisco, S. L.
(Reservados todos los derechos para la lengua española)

Edita: Picarona, sello infantil de Ediciones Obelisco, S. L.
Pere IV, 78 (Edif. Pedro IV) 3.ª planta, 5.ª puerta
08005 Barcelona - España
Tel. 93 309 85 25 - Fax 93 309 85 23
E-mail: picarona@picarona.net

ISBN: 978-84-16117-15-4
Depósito Legal: B-18.853-2014

Printed in China

KAZUNO KOHARA

EL PEQUEÑO MAGO

Picarona

Había una vez un pequeño mago que no era capaz de aprender a volar. Siempre estaba solo, ya que ninguno de los otros magos quería ser su amigo.

Un día que el pequeño mago paseaba muy triste por el bosque vio algo en el cielo.

Era...

—¡Hola, dragón! –le dijo el pequeño mago–. Me gustaría poder volar como tú. ¿Me enseñarías?

—Sin ningún problema –dijo sonriente el dragón–. Podemos empezar ahora mismo.

—Tienes que concentrarte mucho —le aconsejó
el dragón—. Uno, dos, tres...

¡¡PATAPLAAAF!! La cosa no fue bien. El pequeño mago
aún no sabía volar.

—No te preocupes —le dijo el dragón—.
El primer vuelo siempre es el más duro.
Mañana podemos volver a practicar.

Y le invitó a que fuera a su casa.

El dragón sacó un cesto
lleno de pan para comer.

—Ser dragón es muy útil a la hora
de hornear el pan —dijo.

Al día siguiente, el pequeño mago y el dragón
siguieron practicando.

—Tienes que desear despegar con todas tus fuerzas —le aconsejó el dragón—. Cierra los ojos y piensa en por qué quieres volar.

El pequeño mago se imaginó volando con los otros magos y pasándoselo muy bien. Pero aun así no sucedió nada.

El dragón se fue a su casa a hornear un poco de pan, y entonces el pequeño mago, que seguía practicando, vio a un caballero.

—¡Apártate de mi camino! –dijo el caballero–. ¡Voy a cazar un dragón!

—Pero si el dragón del bosque es muy simpático
—comentó el pequeño mago—. Y además sólo come pan.

El caballero se echó a reír.
—¡Los dragones no comen pan!
Y siguió su camino hacia la casa del dragón.

—¡Tengo que avisar al
dragón! –pensó el pequeño
mago–. ¿Pero cómo voy
a llegar hasta allí antes
de que anochezca?

Se montó encima de la escoba
y la agarró con fuerza.
—¡Ojalá pudiera volar!

El pequeño mago cerró los ojos.
—¡Tengo que volar, tengo que volar,
tengo que volar para poder ayudar
a mi amigo!

Sintió un cosquilleo en los pies,
y cuando abrió los ojos...

¡Estaba **VOLANDO**!

En un plis plas llegó a la casa del dragón. Allí, su amigo le recibió con gran alborozo.

—¡Bien hecho, pequeño mago! ¡Ahora podremos volar juntos!

—Sí —le contestó el pequeño mago—. Pero ¡tenemos que irnos AHORA MISMO!

Y le contó lo que había pasado con el caballero.

Así que, juntos, salieron volando del
bosque y planearon sobre los campos.
Volaron y volaron hasta
que acabaron agotados.

Cuando volvieron a casa, el caballero
había salido ya del bosque
y había abandonado la cacería.
El dragón estaba a salvo.

Aquella noche, el pequeño mago
y el dragón volaron hasta la copa
de un árbol y cenaron allí,
bajo las estrellas.
Los dos amigos hablaron de lo bien
que se lo iban a pasar
volando juntos.

«Qué estupendo es poder volar...
–pensó el pequeño mago–.
...¡y tener un amigo!».